Le chat noir

FichesdeLecture.com

Le chat noir
(Fiche de lecture)

I. PRÉSENTATION

Le Chat noir, « The Black Cat » est une nouvelle fantastique de 9 pages publiée pour la première fois dans l'édition du 19 août 1843 de l'hebdomadaire *The Saturday Evening Post*. Elle parait dans un journal de Paris, *La démocratie pacifique*, le 27 janvier 1847 avec ce commentaire : « *Nous donnons cette nouvelle pour montrer à quels singuliers arguments sont réduits les derniers partisans du dogme de la "perversité native". Voici une fable destinée à soutenir ce dogme qui tombe et dans laquelle l'auteur, bien que voguant en pleine fantaisie, n'ose faire intervenir cette prétendue perversité native qu'après avoir fait passer son personnage à travers plusieurs années d'ivrognerie.* »

Elle a été traduite en français, comme la plupart de ses contes, par Charles Baudelaire. L'auteur a écrit ce récit après la mort de sa femme. C'est l'une des histoires les plus cruelles de Poe. La nouvelle propose une réflexion proche de *La conscience* de Victor Hugo : l'impossibilité d'échapper à la punition de son crime. Poe la considérait comme l'une des « meilleures » qu'il ait écrites.

II. RÉSUMÉ

Le narrateur, de sa cellule en prison, raconte son histoire notamment les meurtres qu'il a commis. Il nous décrit sa jeunesse ainsi que sa passion pour les animaux domestiques, il en avait plusieurs, vivant confortablement avec eux et sa femme.

Cependant « par l'opération du démon Intempérance », ivrogne il commença à battre sa femme et ses animaux à l'exception de son favori, un grand chat noir nommé Pluton. Une nuit, dans une crise de

« méchanceté hyper diabolique », il lui arracha un œil puis le pendit une autre nuit. Un incendie ravagea alors sa maison et, curieusement, la figure du chat, une corde autour du cou, resta sur un mur.

Un soir, dans un bar il trouva un autre chat, identique à Pluton, sauf qu'il avait une tache blanche sur la poitrine : « une éclaboussure large et blanche ». Au fur et à mesure la marque devint « l'image du gibet » et le narrateur commença à avoir de l'animosité à son égard.

Un jour, il descendit dans la cave avec sa femme, le chat le fit trébucher, le narrateur brandit alors une hache pour le tuer. Mais sa femme arrêta le coup, c'est elle qu'il tua. Il cacha le corps derrière une maçonnerie de la cave, en construisant un mur autour de son cadavre.

Le chat disparu, il fit une bonne nuit de sommeil. Puis il se mit à chercher le chat en vain. Quelques jours plus tard, la police vint faire une perquisition, mais ne trouva rien. Soulagé, le narrateur commença alors à leur raconter que sa maison était solide alors qu'ils se trouvaient dans la cave. Il frappa l'endroit exact où il avait emmuré sa femme. Une voix lui répondit : « *s'enflant en un cri prolongé, sonore et continu, tout à fait anormal et antihumain* ». Les policiers démolirent le mur et découvrirent le cadavre de la femme. Le narrateur réalise qu'il avait emmuré le chat, ce chat qui, par un cri, l'a dénoncé.

III. ANALYSE DES PERSONNAGES

Le chat, Pluton : « *Ce dernier était un animal remarquablement fort et beau, entièrement noir, et d'une sagacité merveilleuse. En parlant de son intelligence, ma femme, qui au fond n'était pas peu pénétrée de superstition, faisait de fréquentes allusions à l'ancienne croyance populaire qui regardait tous les chats noirs comme des sorcières déguisées.* »

Le chat est « *remarquablement grand et beau, tout noir, et intelligent au plus haut point* ». Il était le compagnon de jeu préféré du narrateur. Lui seul le nourrissait, il suivait partout son maître dans la maison. Après que le narrateur lui ait retiré l'œil, il fuyait à sa vue avec une extrême terreur.

Il est à rappeler que Pluton dans la mythologie romaine est le dieu des enfers. Dans l'histoire de Poe, le chat Pluton est considéré comme un monstre, un démon. C'est lui qui alerte les policiers en poussant un cri derrière le mur et qui dénonce le narrateur.

Le narrateur est un homme, enfant il était très gentil et docile : « *La tendresse de mon cœur était même si manifeste qu'elle fut l'objet des railleries de mes camarades. J'étais particulièrement amoureux des animaux, et mes parents m'offrirent une grande variété d'animaux de compagnie* ».

Mais à cause de l'alcool, son humeur devint changeante, plus irritable, plus indifférente aux sentiments des autres. Il commença à utiliser un langage grossier envers sa femme et la battait. Il maltraita également ses animaux, sauf Pluton, puis un soir il lui arracha un œil, le lendemain il fut pris de remords. Un autre soir il le pendit à la branche d'un arbre.

Tout au long de la nouvelle, le narrateur est partagé, il ressent des sentiments contradictoires : la culpabilité, le remord puis le manque de regrets face à son crime. Le fait qu'il confesse son crime à l'auteur peut démontrer qu'il éprouve finalement des regrets.

IV. AXES D'ANALYSE

Les éléments fantastiques

La nouvelle est fantastique dans la mesure où elle il y autant d'éléments irrationnels, comme la soudaine apparition du second chat venu de nulle part, la lente progression de la marque blanche et la réapparition du chat, instrument de la justice que d'explications rationnelles des événements. En effet, le narrateur, qui est un ivrogne, est victime d'une hallucination qui le pousse à se dénoncer. L'auteur nous propose une précision scientifique pour justifier l'apparition de l'ombre du premier chat sur le mur : la chaux combinée avec l'ammoniaque du cadavre.

La culpabilité du narrateur

Le narrateur apparaît au début du récit, selon ses dires tout à fait normal, enfant il se prend de passion pour les animaux domestiques. Puis, à cause de son alcoolisme, il devient égocentrique, schizophrène et paranoïaque ayant perdu tout contact avec la réalité des choses.

Il commence à maltraiter sa femme et ses animaux, surtout son fidèle compagnon, Pluton. Il attribue ses actes au « démon de la perversité », qu'il voit dans le chat un monstre, alors que c'est lui l'être diabolique.

On détecte le remords d'une culpabilité enfouie, car le narrateur utilise une ponctuation hachée : « Quelle maladie est comparable à l'alcool ! » Face à son agressivité et sa méchanceté, sa femme est une figure de douceur et de dévouement, vouée à être une victime, à l'instar du chat.

L'homme boit toujours et guide malgré lui les policiers dans la cave. Alors qu'ils font une perquisition, il leur dit : « Vous oubliez la cave, Messieurs ». Puis il rajoute « *voilà que, pris d'une idée diabolique et d'une exaltation d'orgueil inouï, je m'écriai : Beau mur ! Belle construction, en vérité ! On ne fait plus de caves pareilles ! Et, ce disant, je frappai le mur de ma canne à l'endroit même où était cachée la victime* ». Il a presque avoué son meurtre

à la fin, le criminel persiste dans son erreur puisqu'il traite le chat de monstre alors que le monstre, c'est évidemment lui. Cette nouvelle propose une réflexion sur l'impossibilité d'échapper à la punition de son crime. Dans un premier temps le narrateur cache minutieusement son crime, puis sous la pression de la culpabilité il met les policiers sur la piste du corps de sa femme.

La violence

Plusieurs éléments indiquent au lecteur que la nouvelle va se finir dans la violence. Tout d'abord il s'agit du récit d'un prisonnier qui a commis un meurtre, on apprend ensuite qu'il est alcoolique ce qui le rend violent et provoque chez lui des crises de rage comparables à la folie. Dans un premier temps il nous raconte son enfance et son mariage heureux, puis possédé par l'alcool, c'est la descente aux enfers. Il devient paranoïaque et violent.

Enfin il finit par torturer son chat, en lui arrachant un œil, lui qui l'aimait tant auparavant. Puis il le pend et tue sa femme, cependant ces crimes seront punis.

On peut se demander la signification de la couleur du chat, une ancienne croyance populaire regardait tous les chats noirs comme des sorcières déguisées. L'auteur possédait lui-même un chat noir qu'il adorait nommé Catarina.

Le chat noir apparaît comme le double de son maître, double positif dans un premier temps lorsqu'il s'agit de Pluton, puis négatif avec le deuxième chat, qu'il a d'ailleurs recueilli dans un bar.

Le chat incarne le véritable démon intérieur de l'homme, le narrateur assimile les deux animaux à des êtres maléfiques, il se sent persécuté alors que c'est lui le persécuteur, le bourreau.

L'animal diabolique pourrait être le révélateur des pires passions humaines, le narrateur fait preuve d'animalité lorsqu'il tue sa femme avec une hache et qu'il l'emmure pour ne pas être pris et condamné. Par son cri, le chat reprend le dessus sur son maître et alerte les policiers, comme s'il vengeait toutes les maltraitances subies par ses précédents animaux domestiques et sa femme.

Dans la même collection en numérique

Les Misérables

Le messager d'Athènes

Candide

L'Etranger

Rhinocéros

Antigone

Le père Goriot

La Peste

Balzac et la petite tailleuse chinoise

Le Roi Arthur

L'Avare

Pierre et Jean

L'Homme qui a séduit le soleil

Alcools

L'Affaire Caïus

La gloire de mon père

L'Ordinatueur

Le médecin malgré lui

La rivière à l'envers - Tomek

Le Journal d'Anne Frank

Le monde perdu

Le royaume de Kensuké

Un Sac De Billes

Baby-sitter blues

Le fantôme de maître Guillemin

Trois contes

Kamo, l'agence Babel

Le Garçon en pyjama rayé

Les Contemplations

Escadrille 80

Inconnu à cette adresse

La controverse de Valladolid

Les Vilains petits canards

Une partie de campagne

Cahier d'un retour au pays natal

Dora Bruder

L'Enfant et la rivière

Moderato Cantabile

Alice au pays des merveilles

Le faucon déniché

Une vie

Chronique des Indiens Guayaki

Je voudrais que quelqu'un m'attende quelque part

La nuit de Valognes

Œdipe

Disparition Programmée

Education européenne

L'auberge rouge

L'Illiade

Le voyage de Monsieur Perrichon

Lucrèce Borgia

Paul et Virginie

Ursule Mirouët

Discours sur les fondements de l'inégalité

L'adversaire

La petite Fadette

La prochaine fois

Le blé en herbe

Le Mystère de la Chambre Jaune

Les Hauts des Hurlevent

Les perses

Mondo et autres histoires

Vingt mille lieues sous les mers

99 francs

Arria Marcella

Chante Luna

Emile, ou de l'éducation
Histoires extraordinaires
L'homme invisible
La bibliothécaire
La cicatrice
La croix des pauvres
La fille du capitaine
Le Crime de l'Orient-Express
Le Faucon malté
Le hussard sur le toit
Le Livre dont vous êtes la victime
Les cinq écus de Bretagne
No pasarán, le jeu
Quand j'avais cinq ans je m'ai tué
Si tu veux être mon amie
Tristan et Iseult
Une bouteille dans la mer de Gaza
Cent ans de solitude
Contes à l'envers
Contes et nouvelles en vers
Dalva
Jean de Florette
L'homme qui voulait être heureux
L'île mystérieuse
La Dame aux camélias
La petite sirène
La planète des singes
La Religieuse
1984 A l'Ouest rien de nouveau
Aliocha
Andromaque
Au bonheur des dames
Bel ami
Bérénice
Caligula
Cannibale
Carmen

Chronique d'une mort annoncée
Contes des frères Grimm
Cyrano de Bergerac
Des souris et des hommes
Deux ans de vacances
Dom Juan
Electre
En attendant Godot
Enfance
Eugénie Grandet
Fahrenheit 451
Fin de partie
Frankenstein
Gargantua
Germinal
Hamlet
Horace
Huis Clos
Jacques le fataliste
Jane Eyre
Knock
L'homme qui rit
La Bête humaine
La Cantatrice Chauve
La chartreuse de Parme
La cousine Bette
La Curée
La Farce de Maitre Pathelin
La ferme des animaux
La guerre de Troie n'aura pas lieu
La leçon
La Machine Infernale
La métamorphose
La mort du roi Tsongor
La nuit des temps
La nuit du renard
La Parure

La peau de chagrin
La Petite Fille de Monsieur Linh
La Photo qui tue
La Plage d'Ostende
La princesse de Clèves
La promesse de l'aube
La Vénus d'Ille
La vie devant soi
L'alchimiste
L'Amant
L'Ami retrouvé
L'appel de la forêt
L'assassin habite au 21
L'assommoir
L'attentat
L'attrape-coeurs
Le Bal
Le Barbier de Séville
Le Bourgeois Gentilhomme
Le Capitaine Fracasse
Le chat noir
Le chien des Baskerville
Le Cid
Le Colonel Chabert
Le Comte de Monte-Cristo
Le dernier jour d'un condamné
Le diable au corps
Le Grand Meaulnes
Le Grand Troupeau
Le Horla
Le jeu de l'amour et du hasard
Le Joueur d'échecs
Le Lion
Le liseur
Le malade imaginaire
Le Mariage de Figaro
Le meilleur des mondes

Le Monde comme il va

Le Parfum

Le Passeur

Le Petit Prince

Le pianiste

Le Prince

Le Roman de la momie

Le Roman de Renart

Le Rouge et le Noir

Le Soleil des Scortas

Le Tartuffe

Le vieux qui lisait des romans d'amour

L'Ecole des Femmes

L'Ecume Des Jours

Les Bonnes

Les Caprices de Marianne

Les cerfs-volants de Kaboul

Les contes de la Bécasse

Les dix petits nègres

Les femmes savantes

Les fourberies de Scapin

Les Justes

Les Lettres Persanes

Les liaisons dangereuses

Les Métamorphoses

Les Mouches

Les Trois mousquetaires

L'étrange cas du Dr Jekyll et de Mr Hyde

L'Ile Au Trésor

L'île des esclaves

L'illusion comique

L'Ingénu

L'Odyssée

L'Ombre du vent

Lorenzaccio

Madame Bovary

Manon Lescaut

Micromégas

Mon ami Frédéric

Mon bel oranger

Nana

Ne tirez pas sur l'oiseau moqueur

Notre-Dame de Paris

Oliver twist

On ne badine pas avec l'amour

Oscar et la dame rose

Pantagruel

Le Misanthrope

Perceval ou le conte du Graal

Phèdre

Ravage

Roméo et Juliette

Ruy Blas

Sa Majesté des Mouches

Si c'est un homme

Stupeur et tremblements

Supplément au voyage de Bougainville

Tanguy

Thérèse Desqueyroux

Thérèse Raquin

Ubu Roi

Un Barrage contre le Pacifique

Un long dimanche de fiançailles

Un secret

Vendredi ou la vie sauvage

Vipère au poing

Voyage au bout de la nuit

Voyage au centre de la terre

Yvain ou le Chevalier au lion

Zadig

À propos de la collection

La série FichesdeLecture.com offre des contenus éducatifs aux étudiants et aux professeurs tels que : des résumés, des analyses littéraires, des questionnaires et des commentaires sur la littérature moderne et classique. Nos documents sont prévus comme des compléments à la lecture des oeuvres originales et aide les étudiants à comprendre la littérature.

Fondé en 2001, notre site FichesdeLectures.com s'est développé très rapidement et propose désormais plus de 2500 documents directement téléchargeables en ligne, devenant ainsi le premier site d'analyses littéraires en ligne de langue française.

FichesdeLecture est partenaire du Ministère de l'Education du Luxembourg depuis 2009.

Plus d'informations sur www.fichesdelecture.com

ISBN: 978-2-511-02930-5

Notes :